KB035860

내-

치치……

말더듬이 내 친구, 어버버

SEOUL, 2008

말더듬이 내 친구, 어버버

초판 제1쇄 발행일 2008년 5월 30일
초판 제47쇄 발행일 2022년 3월 20일
글 베아트리스 퐁타넬 그림 마르크 부타방 옮김 이정주
발행인 박헌용, 윤호권 발행처 (주)시공사
주소 서울시 성동구 상원1길 22, 6-8층 (우편번호 04779)
대표전화 02-3486-6877 팩스(주문) 02-585-1247
홈페이지 www.sigongsa.com/www.sigongjunior.com

ISBN 978-89-527-8629-6 74860
ISBN 978-89-527-5579-7 (세트)

*시공사는 시공간을 넘는 무한한 콘텐츠 세상을 만듭니다.
*시공사는 더 나은 내일을 함께 만들 여러분의 소중한 의견을 기다립니다.
*잘못 만들어진 책은 구입하신 곳에서 바꾸어 드립니다.

KC마크는 이 제품이 공통안전기준에 적합하였음을 의미합니다.
제조국 : 대한민국 사용 연령 : 8세 이상
책장에 손이 베이지 않게, 모서리에 다치지 않게 주의하세요.

말더듬이 내 친구, 어버버

베아트리스 퐁타넬 글 · 마르크 부타방 그림 · 이정주 옮김

시공주니어

말더듬이 내 친구,
어버버

새 학기 첫날, 녀석은 머리에 푸시시하게 까치집을 진 채 학교에 나타났어요. 물을 묻혀서 삐친 머리를 가라앉히려고 한 흔적이 뚜렷했지만 소용없었어요. 물 묻힌 머리는 한데 뭉쳐 비죽비죽 솟았지요.

우리는 녀석을 보자마자 "으하하." 웃음을 터뜨렸어요. 게다가 쉬는 시간에 녀석의 말을 듣는 순간 우리는 귀를 믿을 수가 없었어요. 녀석은 말을 더듬었어요. 특히 '다', '바', '보', '그' 자가 들어가는 말을 심하게 더듬었어요. 우리는 배를 잡고 깔깔 웃었어요. 어떤 애들은 녀석의 말투를 흉내 내기까지 했지요. 그건 좀 심했어요.

누가 녀석을 '어버버'라고 부르기 시작했는지는 모르겠어요. 좋은 말은 아니지만, 녀석한테는 잘 어울렸지요. 녀석도 아무 대꾸를 못했어요. 솔직히 그 말은 금방 입에 붙었어요.

우리는 화장실 문을 쾅쾅 차며 장난쳤지요.

"경찰이다! 빨리 문 열어! 안에 누가 있냐?"

"나 어버버야. 얘들아, 다다다른 데로 가 줘……."

글쎄, 녀석도 이렇게 대답했지 뭐예요.

담임선생님은 자기 이름을 말하고 학교에서 급식을 먹으면 '급식', 집에서 먹으면 '집'이라고 말하래요.

나는 씩씩하게 일어나서 우렁차게 말했어요.

"퐁퐁 페르디낭, 급식!"

내 이름을 가지고 장난치는 애는 아무도 없었어요. 내가 또래보다 나이가 많아서 다들 나한테 꼼짝도 못하거든요. 누구 하나 웃었다가는 쉬는 시간에 묵사발이 될 거예요.

어버버의 차례가 되자, 아이들의 눈길이 죄다 녀석에게 쏠렸어요. 어버버는 귀가 빨개지고, 두 볼은 불타는 섬처럼 보였어요.

어버버가 대답했어요.

"쥘르 랑부르, 집!"

우리는 깜짝 놀랐어요. 그건 어버버의 진짜 이름이 아니에요. 그리고 우리는 어버버가 급식을 하는 줄 알았어요.

수업이 끝난 뒤, 어버버는 담임선생님에게 갔어요. 나는 어버버가 뭐라고 하나 궁금해서 신발 끈을 묶는 척하며 일부러 꾸물거렸어요.

어버버는 기어 들어가는 소리로 말했어요.

"선생님, 저기요…… 제 이름은 쥘르 랑부르가 아니라 바바바질 타타탕부르예요. 그리고 집이 아니고, 그그급식이에요."

선생님의 얼굴이 굳어졌어요.

"그러면 아빠가 레슬링 선수이고, 엄마가 여군이란 말도…… 너 선생님을 놀린 거니?"

선생님은 단단히 화가 났어요.

"안 되겠다! 새 학기 첫날부터 교장실에 가야겠구나. 거기 퐁퐁! 아직 안 갔으면 바질을 교장실에 데려가."

나는 마치 사형수를 끌고 가는 기분이었어요. 아니, 그보다 마음이 더 무거웠어요.

"걱정 마. 교장 선생님은 생각보다 안 무서워. 그런데 너 왜 그랬어?"

복도를 따라 걷는 동안 어버버는 아무 말도 안 했어요. 우리 발자국 소리밖에 들리지 않아서 복도는 쓸쓸했어요. 교장실 문 앞에 다다르자, 어버버는 휙 돌아서서 말했어요.

"너도 귀머거리가 아니니까 알지. 내가 다다, 바바, 보보, 그그그런 바바발음을 잘 못하잖아. 내 이름을 말할 때마다 웃음거리가 되는 게 싫어. 정말 싫어. 끄끔찍해!"

어버버는 교장실로 들어갔어요.

문이 쾅 닫혔어요.

다행이에요. 녀석에게 뭐라고 해 줘야 좋을지 알 수가 없었거든요.

어버버는 참 운도 없어요. 담임선생님이 앞으로 금요일마다 연극 수업을 하겠대요. 처음에는 어버버도 열심히 하려고 했어요. 숨을 고르고, 온 정신을 모아 대사를 읊으려고 했지요. 어찌나 열심이던지 꼭 정신이 나간 것처럼 보였어요.

그러던 어느 날, 어버버는 작가 몰리에르가 지은 희곡 《수전노》에서 돈을 몽땅 잃고 '내 돈! 내 돈!' 하고 울부짖는 수전노 할아버지 역할을 맡았어요. 그다음에 어떤 일이 벌어졌을지 여러분은 눈치 챘나요? 어버버는 사라졌어요. 어디에서도 찾을 수가 없었어요.

잠시 뒤, 우리는 화장실에서 어버버를 찾았어요. 어버버는 안에서 문이 고장 나서 열 수가 없다며 기다리지 말고 시작하래요.
우리 학교에는 '야이야'라는 관리 아저씨가 있어요. 아저씨는 아프리카 가나에서 왔고, 급식 시간에 양배추를 싫어하는 아이들을 감시해요. 아이들이 다 먹은 것처럼 보이려고 포크로 양배추를 으깨 놓곤 하거든요. 근데 내가 무슨 말을 하려고 했더라? 아, 맞다! 그 야이야 아저씨가 왔어요.

아저씨는 힘이 세고 못하는 일이 없어요. 아저씨는 손쉽게 문짝을 떼어 냈어요. 그제야 담임선생님도 무엇인가 잘못되었다는 것을 알았어요. 선생님이 다가와 어버버의 어깨에 손을 얹었어요.

"걱정하지 마. 수전노 역은 장 밥티스트가 할 거야. 그렇지, 장 밥티스트?"

"그럼요. 문제없어요."

연극과 채소라면 질색하는 녀석인데 웬일로 내빼지 않았어요.

그날 뒤로, 어버버는 발음 교정 수업을 듣기 시작했어요. 정확하게 발음하는 법을 배우는 수업이래요. 발음이 좀 새는 조아킴과 글자를 잘 읽지 못하는 난독증인 자드도 그 수업을 들었어요. 수업을 몇 번 들었지만 어버버는 여전히 말을 더듬었어요. 어버버는 크게 실망했지요.

녀석은 풀 죽은 목소리로 말했어요.

"선생님이 그그러시는데, 나는 시간이 좀 걸린대."

어버버는 점점 풀이 죽어 갔어요. 시간이 갈수록 어버버의 얼굴은 어두워졌지요.

선생님이 친절하게 말했어요.

"좀 일찍 자 보렴!"

하지만 어버버는 일찍 자는 걸 좋아하지 않아요. 자꾸 똑같은 악몽을 꾸거든요.

"수업 시간에 친구구들 앞에서 시를 외외워야 하는데, 입이 안 떨어지는 거야……."

"참 안됐다."

난 어버버가 불쌍했어요.

상황은 더 나빠졌어요. 선생님이 학교에 부모님을 초대해 부모님의 직업을 소개하는 시간을 갖겠다고 했거든요. 재미있을 것 같은데, 어버버는 참 이상하게 굴었어요. 아이들이 어버버에게 부모님의 직업을 묻자, 엄마는 치과 의사라는데 아빠는…… 잘 모르겠어요.

그래서 아이들은 또 어버버를 놀렸어요. 그럴수록 어버버는 더 심하게 말을 더듬었고, 그래서 더 놀림을 받았지요.

참 이상해요. 가끔 우리는 정말 못되게 굴기도 해요.

어느 날, 우리는 쉬는 시간에 피구를 하고 있었어요. 여느 때보다 어버버를 심하게 놀린 건 절대로 아니에요. 그런데 갑자기 어버버가 사라졌어요. 곧 쉬는 시간이 끝나는 종소리가 울렸어요.

우리는 사방으로 어버버를 찾기 시작했어요. 어버버를 찾아낸 아이는 이리스였어요.

이리스는 잠자코 손가락으로 학교 지붕을 가리켰어요. 우리 모두 고개를 들었어요. 어버버가 지붕 위에 있었어요. 무릎을 양 팔로 감싼 채 쭈그리고 앉아 있었지요.

태어나서 그렇게 무서웠던 적은 없었어요. 우리 반 여자 아이들은 교장 선생님과 선생님들이 하는 얘기를 엿들었어요. 어버버는…… 아빠가 없대요. 아니, 원래는 있었겠지요. 하지만 어버버가 태어나기도 전에 떠나 버렸고 어디로 갔는지도 모른대요.

우리는 지붕 위에 있는 어버버를 멍하니 올려다봤어요. 어버버의 얘기는 옆 사람에서 옆 사람으로 빠르게 전해졌어요.

사방에서 속닥거리는 소리가 들렸어요.

"어버버가 아빠가 없대? 아빠가 없대……
어버버가……."

우리는 참 부끄러웠어요. 이런 일이 여러분
에게는 없었으면 좋겠어요.

"뛰어내리지 마, 어버버! 뛰어내리지 마!"

우리는 발을 동동 구르며 소리쳤어요. 선생님은 우리를 조용히 시키려고 했지만 소용없었어요. 선생님은 어버버가 있는 곳 바로 밑에 서서 두 팔을 벌렸어요.

“저 안 뛰어내려요! 다들 무슨 생각하는 거예요? 그냥 혼자 있고 싶어요! 저 좀 내버려 두세요! 다들 할 일이 그렇게 없어요?”

진짜 말도 안 돼요. 어버버는 말을 전혀 더듬지 않았어요.

구조 대원들이 오기 전에 선생님보다 날쌘 야이야 아저씨가 지붕 위로 올라갔어요. 아저씨는 어버버 옆에 앉아 잠시 얘기를 나눴어요. 둘이 무슨 얘기를 했는지는 아무도 모르지만요. 어쨌든 어버버는 야이야 아저씨의 도움으로 무사히 내려왔어요. 그리고 다시 말을 더듬었어요.

하지만 그날 뒤로 어버버는 말을 덜 더듬었어요. 어버버의 말투에 익숙해져서 그렇게 느끼는지도 모르겠어요. 내 생각은 그래요.

아무튼 그 뒤로 어버버는 친구들의 생일잔치마다 초대받았어요. 어버버는 거절하는 법이 없었어요. 아마 좀 피곤했을 거예요.

다음 학기 반장 선거에서 어버버는 나서지도 않았는데, 만장일치로 반장이 되었어요. 우리의 선택이 옳았어요. 어버버는 반장이 되자마자, 요구르트를 먹을 작은 숟가락을 달라고 학교 식당에 부탁했어요. 우리 학교는 20년 동안이나 요구르트를 먹을 때 컵에도 안 들어가는 큰 숟가락을 썼더라고요.

생일잔치마다 초대받고, 반장으로 뽑히고, 요구르트를 먹을 작은 숟가락을 얻어 내고……. 이런 일들이 어버버에게 아빠를 대신해 줄 수는 없겠지요. 그래도 왜 그런지는 모르겠지만 요즘 어버버는 참 행복해 보여요.

하루는 집에 오는데 어버버가 이러는 거예요.

“난 앞으로 뭐 할지 정했어. 배우가 될 거야.”

내 눈이 휘둥그레졌어요. 그러자 어버버가 말했어요. 발음 교정 선생님이 알려 줬는데, 유명한 배우들 가운데 말더듬이가 많대요. 하지만 그들이 연기를 할 때는…… 아무도 그 사실을 모른대요.

우리는 교차로를 건넜어요.

언젠가 커다란 극장에서 어버버를 볼 날이 올지도 몰라요. 어버버가 수전노 역을 할지도 모르지요. 어버버가 '내 돈! 내 돈!' 하고 소리칠 때면 내 몸에 소름이 돋을 거예요. 연극이 끝나고 내가 왜 박수를 치며 환호하는지 아무도 모르겠지요.

벌써 어버버의 집 앞이에요.
녀석이 인사했어요.
"잘 가!"
"응, 내일 만나자!"

옮긴이의 말

바질 탕부르는 말더듬이예요. 친구들은 이름 대신 짓궂게 '어버버' 라고 놀리지요. 바질은 꾹꾹 참아 보지만, 결국 학교 지붕으로 도망쳐 버려요. 그제야 친구들과 선생님들은 어버버가 얼마나 괴로워했는지 알게 되지요.

다행히 이야기는 행복하게 끝나요. 바질은 친구들의 사랑을 받고, 퐁퐁이라는 든든한 친구가 생기거든요.

어버버는 말을 조금 더듬을 뿐이에요. 어버버 같은 친구가 주위에 있다면 있는 그대로 받아들이세요. 나와 다르다고 해서 손가락질하는 건 큰 폭력이랍니다.

나한테 다른 친구에게 없는 장점이 있듯이, 다른 친구도 나에게는 없는 장점이 있어요. 우리 친구 어버버처럼요. 친구들은 생각하지도 못했던 작은 요구르트 숟가락을 멋지게 얻어 내잖아요.

이 책을 읽은 여러분은 나와 다른 친구도 있는 그대로 받아들일 줄 아는 현명한 어린이가 되었으면 좋겠어요.

이정주

치 친구……